Jorge Luis
Borges
José Edmundo
Clemente

El lenguaje de Buenos Aires

布宜诺斯艾利斯的语言

[阿根廷] 豪尔赫·路易斯·博尔赫斯　何塞·埃德蒙多·克莱门特 著

王冬梅 译

上海译文出版社

目　录

收集在这里的是一九五二年发表的几篇关于我国语言特点的文章。它们最初是分头发表，后来是对布宜诺斯艾利斯不断变迁的街头的热爱让它们集合到一起。此次为再版。布宜诺斯艾利斯是街头巷尾的情谊，是对弥漫在市中心街道的这种情谊的思念。细心的读者可能会察觉到，文章的相异之处要多于它们的共同之处，同时也会发现，恰恰是这种不同让它们的联系更加紧密，互为补充。无论怎样，面对语言学院的语言殖民做派，以及专业语言学家那学究式的枯燥乏味，我们的态度非常明朗。语言是行动，是生命，是现在时。

豪尔赫·路易斯·博尔赫斯　何塞·埃德蒙多·克莱门特

豪尔赫·路易斯·博尔赫斯

阿根廷人的语言

女士们，先生们：

阿尔图罗·卡珀德维拉博士对我的介绍妙语生花，却多有谬赞之虞。我在这里感谢他的美意，本人的"名不符实"会很快让大家醒悟过来，让大家看到一个真正的"我"，虽然没有谁乐意那样。我习惯写作，拙于言辞。前者如同"无的放矢"，很难通过它学会演说家瞬间说服的本领，所以大家——包括你们和我本人——不妨姑且将就一下。

我的主题是"阿根廷人的语言"。这一说法可能在很多人看来，不过是组词时的任性，是将两个词强扭在一起，缺乏任何现实对应，就像说"纯诗歌"、"持续运动"或者"关于未来的最古老的历史学家"一样，子虚乌有，缺少依托。关于这种可能的看法，我以后再去回答，现在只想指出，很多概念起初都只是词语的偶然搭配，后来却被时间所证实。我猜测，infinito[1] 这个词最早不过是相当于 inacabado[2]，但现在它在神学中却成为上帝的美德之一，在形而上学中成为争执不休的焦点，在文学中受到普遍关注，在数学中是完善了的缜密概念（罗素解释了无穷基数的相加、相乘、乘方以它们的世系为何近乎可怕），此外它还是我们仰望苍穹时一种油然而生的感觉。同样，当"美"或者珍藏的对"美"的记忆突然袭来，又有谁不曾感到：早就存在的对"美"的赞颂，就像对它的预言，像一种预感？Linda[3] 这个词，是对未来女友的预见，只是为她一人准备。此类例子，不胜枚举。

两股彼此相反的势力在反对"阿根廷语"这一说法。一股认为，通俗剧中的"郊区话"已经是这种语言的雏形；而另一股则是"纯正派"、"西班牙派"，认为西班牙语已经足够完美，添枝加叶实属离经叛道或无用之举。

1　西班牙语，无穷。
2　西班牙语，未完。
3　西班牙语，美女。

我们先看一下第一个错误。所谓"郊区话"，若名实相符，那么是指郊区所说的方言，就应当是里尼尔斯、萨韦德拉、南圣克里斯托瓦尔[1]这些地方的常用语言。然而，此种假设不能成立——无人不知，"郊区"这个词的经济涵义超过它的地理涵义。"郊区"是市中心的群居房；"郊区"是乌里武鲁街最后一个街角，雷克莱塔街尽头的大墙、门口聚集的穷苦混混、孤零零的杂货店和刷成白色的低矮小屋，他（它）们都在引颈期盼——只是不知是社会变革，还是探戈风琴。"郊区"是布宜诺斯艾利斯西边常见的、杂乱空荡的街区，插在被拍卖房屋上的红旗——代表用砖窑、月供与贿赂写成的城市史诗的红旗——不断占据美洲新的角落。"郊区"是帕特里西奥斯公园那里工人的怒火以及信口雌黄的报纸中对怒火所做的解释。"郊区"是指恩特雷里奥斯大街和拉斯埃拉斯大街一带根深蒂固、不会轻易作古的大院，"郊区"还是那些不肯靠近路边、躲在黑漆木门后闪闪发光的小房子，小房子四周围廊环绕，绿植满庭。"郊区"是努涅艾斯街用锌皮隔开的

1　里尼尔斯、萨韦德拉、南圣克里斯托瓦尔均为阿根廷首都布宜诺斯艾利斯的城区。

偏僻矮房，溜滑的壕沟上搭起的木板小桥和小巷中停着的光秃秃的板车。"郊区"是诸多对比反差，所以它的语言不可能整齐划一。我们的穷苦阶层没有一种通行方言——"郊区话"也不是。克里奥尔人[1]不说，妇女们只是偶尔使用，即便混混们在讲它的时候，也是赤裸裸的炫耀，是为了哗众取宠。它的词汇贫乏，区区二三十个意思，再靠混乱无章的同义词变得复杂。它是如此贫乏，以致经常要用到它的通俗剧作家只能不断编造新词，借助颠倒一般词汇给它增添活力。它的贫乏与生俱来，因为"郊区话"不过是从暗语，即小偷使用的暗语，沉积下来的，或者说是对它的传播。暗语是众多行话中的一种，是关于勒颈和撬锁的学问。认为这种专事犯罪、缺乏普通词汇的行话可以排挤掉西班牙语，就如同认定数学语言或者锁匠用语可以一跃成为唯一语言一样。英语没有被俚语所取代，而西班牙的西班牙语也没有被昨日的暗语或今日的吉卜赛话所取代。何况，今日的吉卜赛话尚且算是一种丰富的语言，因为它来自古吉卜赛语及其变体之一——十七

1　指移民至殖民地的欧洲人后裔。

世纪的西班牙暗语。

"郊区话"没有灵魂，完全是偶然产物，所以我们郊区文学的两位经典人物都没有使用它。无论是风趣浅白的恩特雷里奥斯人何塞·西斯托·阿尔瓦雷斯[1]，还是"有点戏谑，有点忧愁"，勾起每个人对巴勒莫回忆的天才青年，同样来自恩特雷里奥斯的卡列戈[2]，都不喜欢这种语言。两人都懂暗语方言，但都避而不用。阿尔瓦雷斯在他九七年出版的《警察回忆》中对很多词汇和暗语进行过解释；卡列戈在某首十行诗中曾拿暗语开玩笑，但故意没有署名。事实上，两人都认为，暗语既不适用于克里奥尔人的诙谐俏皮，也不适用于虔诚之人的庄重言行。弗朗西斯科·安塞尔莫·希卡迪[3]在他那本包罗万象的皇皇巨著《怪书》中，也没有使用这种语言。

但是，为什么要援引名人为例呢？从来不喜咬文嚼字以

1　José Sixto Álvarez（1858—1903），阿根廷记者、作家，以写风俗志小说成名，笔触幽默。

2　Evaristo Francisco Estanislao Carriego（1883—1912），阿根廷诗人，代表作有《郊区灵魂》和《郊区之歌》。

3　Francisco Anselmo Sicardi（1856—1927），阿根廷医生、作家，代表作《怪书》被视为阿根廷早期自然主义作品之一。

追求语言"纯正"的布宜诺斯艾利斯人民，也从未认真使用暗语。米隆加[1]是街头混混放荡不羁的声音，里面也没有经常掺杂暗语。这再自然不过：市井粗人——巴尔瓦内拉街或蒙塞拉特街角一带的牲口伙计、工人、屠夫——是一回事，在下巴勒莫和凯玛一带流窜作案的罪犯则是另外一回事。最早的探戈，那些古老快乐的探戈，从来不夹带暗语，只是当前的浅薄时尚才让后者变成了不可或缺，让探戈里面充满莫名其妙和故弄玄虚。每首自诩用"民间语言"写成的新探戈，都是一个谜语，伴以各种教训、推论、语焉不详以及评论者言之凿凿的争论。这种混沌是必然的：百姓不需要给自己添加地域色彩，只有效颦者才认为这是必须，而且，在这么做的过程中，总会失去掌控。生动活泼的米隆加体现的是城市底层人的精神，使用的是大众语言；探戈跟从的则是矫揉做作的国际风气，使用的是罪犯语言。

　　我就不再赘言了。如果事业是正义的，而且已胜券在握，

1　米隆加是一个音乐及舞蹈术语，指的是南美洲（尤其是阿根廷、巴西、乌拉圭一带）一种风格近似于探戈的流行舞曲的音乐形式。作为舞曲的米隆加可以填入不同的旋律，表达不同的乐感，但通常用来表现较粗犷不羁的内容。

那么再积累证据就有害无益，让得到了的或昭雪了的真相变得索然无味。随意抛弃一种几近通用的语言，藏匿在一种粗鄙、鬼祟的方言——罪犯行话和监狱用语——之后，将我们变成另一种意义上的"伪君子"，让我们以恶行和卑鄙为荣，实属偏执的莽夫之举。这种可悲的倒退已然被德·维迪亚[1]、被米格尔·卡内[2]、被奎萨达[3]、被科斯塔·阿尔瓦雷斯[4]、被格鲁萨克[5]所否决，而后者用他习以为常的讽刺口吻反问道："难道会因木排而放弃帆船吗？"

现在我想放下郊区话，去探讨另外一种错误，就是认为我们的语言已然完美，任何添枝加叶均属毫无益处的离经叛道。这种理论主要也是唯一的依据就是我们的词典——西班牙人的词典——中收录的六万词汇。我想说，这种数字上

---

1 Mariano de Vedia y Mitre (1881—1958)，阿根廷律师、作家、历史学家、政治家。

2 Miguel Cané (1851—1905)，阿根廷作家、政治家，是阿根廷文学"八〇一代"代表人物之一。

3 Ernesto Quesada (1858—1934)，阿根廷作家、历史学家、社会学家，是阿根廷文学"八〇一代"代表人物之一。

4 Arturo Costa Álvarez (1870—1929)，阿根廷记者、翻译家。

5 Paul-François Groussac (1848—1929)，法国出生的阿根廷作家、文学评论家、历史学家。

的优势只是表象，并非实质；唯一一种无穷无尽的语言——数学语言——只通过十余个符号就足以表达任何一个数字。也就是说，区区一页算术词典——包括数字以及运算符号等——实际上词汇量却最大。指代意义的丰富才更重要，与符号数量本身无关。后者只是对数字的迷信，是卖弄，是收藏家与蛊惑者的癖好。我们知道，英国主教威尔金斯[1]（堪称在语言思考方面最睿智的乌托邦主义者）曾设计出一套国际书写或符号系统，只用两千零四十个五线谱符号，就可以表达任何事物。当然，于他的无声之乐而言，声音并非必须，这是它的最大优势。这个题目我很想继续谈下去，但此刻我所关注的却应当是"西班牙语的丰富"。

西班牙语的"丰富"其实是它"死亡"的委婉说法。粗人也好，非粗人也罢，一翻开我们的词典，面对无穷无尽而又无人会说的词汇，都会瞠目结舌。任何一位读者，不管他是多么博览群书，在词典目前，都会深感自己无知。指导词典编纂的"堆积"原则——现在还在根据这一原则，将所有暗语、

---

1 John Wilkins（1614—1672），英国圣公会神职人员和自然哲学家。他提出创建一种普适语言的构思，用以学者、外交官、商贾的国际交流。

纹章学术语、过时词汇一股脑地收入皇家语言学院的词汇表中，就是将这些死亡词汇凑到一起的始作俑者。最终展现的，则是一部精心编排的亡魂大戏，成为《皇家语言学院语法》中所说的"我们那让人羡慕的丰富、准确、生动的词汇瑰宝"。丰富、准确、生动。这个三位一体的空洞组合——语义含混，唯一的解释是它们共同流露的妄自尊大——就是那些皇家语言大师"说如不说"风格的最纯粹体现。

他们所要的，就是完美同义词，是西班牙式的长篇大论。词语检阅队伍中的人数是多多益善，哪怕里面走的是幽灵、失踪者或死人。缺少什么表达内容并不重要，要的只是华服盛典以及西班牙语的"丰富"，换言之，即欺骗。昏睡的头脑加上声音的孕育催生出同义词：免去改变内容的麻烦，只要改变响动即可。皇家语言学院兴高采烈地接纳它们。我在这里照搬一下它的建议："在我们的黄金世纪，词汇的丰富多变（说）备受推崇，所以教书先生不厌其烦地加以宣扬。举例来说，如果一名语法学家需要引用内夫里哈的话作为权威例证，他完全不用千篇一律，而是可以采用各种漂亮的说法——'内夫里哈如是说'、'他感觉'、'他如是教诲'、'他这样说'、'他如是提醒'、'他的看法为'、'他的想法是'、'他认为'、'根据内夫里哈的想法'、'如果我们相信这位西班牙的恩尼乌斯[1]——以及其他任何一种同样贴切的说法。"（《皇家语言学院语法》第二部分第七章）我委实认为，这一连串同义说法作为表达手段，与文学的关系就如同是否拥有漂亮字体一样。而且，皇家语言学院对于同义词制造出的虚假繁荣是如此深信不疑，以致到了无中生有的地步，比如它不允许说"hacerse iluisiones（梦想）"—— 不知为什么，皇家语言学院认为此种说法不合语法，而提出让我们打个铁匠铺式的比方：forjarse ilusiones/quimeras[2]，或者效仿梦游症：alucinarse[3] 或 soñar despierto[4]。

认定西班牙语已经达到全盛，违背逻辑和道德。违背逻辑，是因为一种完美语言意味着拥有伟大的思想或情感，也即拥有伟大的诗歌文学或哲学，西班牙从未有过这样的长处；

1　Quintus Ennius（公元前 239—公元前 169），叙事诗人、戏剧家、讽刺作家。
2　字面义为"锻造幻想"。
3　字面义为"产生幻觉"。
4　字面义为"醒着做梦"。

违背道德，是因为这一想法相当于将我们最珍贵的所有——未来，阿根廷伟大的明朝——丢弃在了昨天。我承认——并非不情不愿，甚至可以说是轻松愉快，西班牙的某些天才中的一位抵得上整部文学史——堂弗朗西斯科·德·戈维多，米格尔·德·塞万提斯。还有谁呢？有人说还有堂路易斯·德·贡戈拉，有格拉西安，以及伊塔大主教。我不想抹杀他们，但也不想回避另外一种看法——西班牙文坛的常态让人生厌。它的琐碎、庸碌和人物都是凭借轻松的抄袭之术。不是天才的，便是庸人；西班牙文学的唯一资源就是天才，甚至到了如果一个西班牙人不是天才，那就连一页好文字都写不出来的地步。梅嫩德斯·佩拉约写的散文以循循善诱而备受推崇，但实际上它的清晰是出于翻来覆去的老生常谈，透彻则是因为已知和众所周知。关于乌纳穆诺的文字，我就不说了；在他身上，自诩天才的味道挥之不去。如果一名西班牙人写得好——就是人们认为的"写得好"：文笔练达，我们就可以认定他是睿智之人；但换作法国人，情况就会不同。长篇大论而非惜字如金，这就是我们语言的西班牙式平庸。

那种被引以为豪的数字上的优势，是多而无益。卡萨·瓦伦西亚伯爵把西班牙语和法语对比，他所使用（抑或滥用）的简而化之的方法，也许会证明我的看法并非路人之见。这位先生通过统计数字发现，《西班牙皇家语言学院词典》中收入了将近六万个词汇，而《法语词典》中只有区区三万一千个。这样的比较结果让他欣喜。然而，这一统计难道就能说明一个讲西班牙语的人要比讲法语的多掌握两万九千个词汇吗？未免言过其实。试问：如果一种语言只是在数字上占有优势，而非在思想或表达内容上，那又何必沾沾自喜？同理，如果数字真的可以作为依据，那么任何一种思想，若不是用英语或德语表达，就都是贫瘠至极，因为这两种语言的词典中各自收录了超过十万个词条。永远拿法语做参照，这一做法本身就是一个陷阱，因为法语的词汇量少是出于语言俭省的需要，经由文体学家积极推动。抛开效率不谈，用词少是拉辛的刻意追求。这是俭省，而非寒酸。这里我想稍事小结。在我们的作家身上，我发现两种语言倾向：一种是通俗剧作家的做法，他们写出的语言没有人说，即便有人喜欢，也恰恰是因为它的夸张和漫画色彩，听起来像异乡的声音；另外一种则是文化人的做法，他们因西班牙语的早夭而痛不欲生。这两种情况都有悖于正常语言：前者跟随暗语，后者则是推崇词典中那问题百出、对古董词汇念念不忘的西班牙语。与这两种情况都不同的，是那没有被书写下来的阿根廷语，它日日响在我们耳边，是我们的情感，我们的家园，我们的信任以及交谈出的友情。

我们的前辈做得更好。他们是"我手写我口"，口与手不会相背而行。他们是有尊严的阿根廷人：他们自称"克里奥尔人"时，既非像井底之蛙一样傲慢，也非冲动气愤。他们手中所写，是当时的语言：他们不想因循西班牙人，而堕落成混混流氓也非他们所愿。我脑中想的是埃斯特万·埃切维里亚，多明戈·福斯蒂诺·萨缅托，比森特·菲德尔·洛佩斯，卢西奥·维克多·曼西亚和爱德华多·怀尔特。他们的阿根廷语说得很好，那时还无人使用。在写作中，他们不需要装成别人，也不需要彰显自己是新来乍到；今天，这种自然已经消耗殆尽。两种不同的姿态在引导当今文坛，一种是伪民间，另一种是伪西班牙。要么是粗话连篇，扮成乡巴佬、逃犯或粗人；要么是装作西班牙人，操着一口空洞无物、自说自话、没有祖国的"国际"西班牙语。偶尔一见的异端——爱德华多·斯奇亚菲诺、吉拉尔德斯——才是文坛的骄傲。这一现象，显而易见，是种病态。在战火纷飞的早期年代，当阿根廷人绝非一种幸福，而是一种使命。建立祖国是一种需要，是绮丽的冒险，也正因为是冒险，所以让人豪情万丈。现在，当阿根廷人已经成为一种再轻松不过的行当。没有人会想我们还有什么事情要做。很多人的想法是，随波逐流，原谅探戈的粗俗，抛开任何法国式激情，不再激动。还有一些人则是逢场作戏，扮成特务"马索卡"[1]或土著克丘亚人。但是，"阿根廷"远远不是抹杀一切或是一场大戏，而应当是一腔热血。

很多人会狐疑地问："西班牙人的西班牙语和我们阿根廷人讲的西班牙语之间到底存在什么不可逾越的鸿沟呢？"我的回答是，没有任何鸿沟，所以才能幸运地畅通无阻。一种细微差异的确存在：这种差异很小，所以不会妨碍语言的流通，但是又足够清晰，让我们从中听出自己的祖国。我想的

---

1 服务于阿根廷军事和政治领导人胡安·曼努埃尔·德·罗萨斯的一个特务组织。罗萨斯于 1829 年到 1852 年间统治阿根廷，在他统治期间，热衷于通过恐怖活动清除异己。

不是我们添加的那几千个西班牙人不懂的本地词语。而是我们的声音营造出的氛围，是我们给予某些词的讽刺或亲近之意，是它们的温度差异。在词语的本义上并没有分别，但是在涵义上却的确有了不同。这种差异在议论文或说明文中完全不存在，但是在和情感有关的内容上，差异却很明显。我们的辩论是西班牙语的，但我们的诗篇，我们的幽默，却已然属于这里。与情感相关的——让人或喜或悲——属于它们，是词语连带的氛围而非它的本义决定了情感。súbdito[1]（还是借用阿尔图罗·科斯塔·阿尔瓦雷斯所说的例子）这个词在西班牙是体面的，在美洲则是诋毁。envidiado[2] 这个词在西班牙是恭维（如西班牙人官方语法书中所说，"我们那让人羡慕的丰富、准确、生动的词汇瑰宝"），而在这里，如果有人以被别人羡慕为荣，那我们就会认为他品格低下。我们的诗篇中最常歌颂的 arrabal[3] 和 pampa[4]，内中意境不是任何一个

1　西班牙语，臣民。
2　西班牙语，被羡慕的
3　西班牙语，郊区。
4　西班牙语，大草原。

西班牙人都能体会的。我们的 lindo[1] 是实实在在的赞美之词，而西班牙人说的时候，却没有这么强的赞美意愿。gozar[2] 和 sobrar[3] 在这里带有贬义。《西方杂志》，甚至阿梅利科·卡斯特罗[4] 先生本人都一再使用的 egregio[5] 一词，很难让我们产生同感。这样的例子不胜枚举。

　　当然，只看到区别也是误区。高乔的不会比西班牙的更"阿根廷"，有时后者还会盖过前者：llovizna[6] 和 garúa[7] 这两个词都同样属于我们，而大家都用的 pozo[8] 则比乡下土语中的 jagüel 更为我们所接受。一味盲目推崇本地话无异是一种新式"掉书袋"，是又一种错误和低俗。macana 这个词就属于这种情况。米格尔·乌纳穆诺先生——西班牙唯一一位形而上学"感知者"，而也正有藉于此和其他智慧，成为一位大作

1　西班牙语，美丽的。
2　西班牙语，亨受。
3　西班牙语，剩余。
4　Américo Castro（1885—1972），西班牙文化历史学家、文学史家、语言学家。
5　西班牙语，卓越的。
6　西班牙语，小雨。
7　在拉美使用的西班牙语古词，"小雨"。
8　西班牙语，井。

家——曾想推行这个怪词。但是，macana 这个词是懒人的词汇。法学家塞戈维亚在他匆匆写就的《阿根廷话词典》中，是这么说的：macana——胡话、谬论、傻话。这本身意思已经太多，但还不是全部。悖论是它，疯狂的话语和举动是它，出了问题是它，老生常谈是它，夸大其词是它，前言不搭后语是它，疯言疯语是它，不常见的也是它。因为这个词可以无处不用，所以大行其道。用这个词可以"划清界限"，让自己置身事外，隔离开不懂或者不想懂的内容。macana，我们的昏昏然，我们的乱成一团，愿你早日消亡！

总之，词语问题（同样也是文学问题）属于那种缺乏统一解决办法或万能金丹的问题。在语言体内（就是说，在可懂范围内：这个边界之外是无穷，对这样的边界我们并不能真的抱怨什么），每个人的责任就是找到自己的声音。当然，这一责任于作家而言尤为重要。我们作家想要实现一个悖论，仅通过词语（躺在纸面上的词语）就达到与人沟通的目的，我们也知道自己语言的软肋。我们放弃了目光、表情、微笑的辅助，而它们代表一半的谈话和超过一半的乐趣，我们自己遭遇表达瓶颈。我们知道，给万物命名的，不是那位悠闲的园丁亚当，而是魔鬼——那条嘶嘶吐信的毒蛇，那位错误和冒险的开始者，那颗偶然的果核，那位堕落的天使。我们知道，语言和月亮一样，有它阴暗的一面。我们对此再清楚不过，但还是想让它变得和未来——祖国最好的财产——那样明净。

我们生活在一个承诺的年代。一九二七年：阿根廷伟大明天的前夕。我们期待西班牙语——在塞万提斯那里是淡定的怀疑，在戈维多那里是辛辣的讽刺，在路易斯·德·莱昂[1]神父那里是对幸福的渴望（而非幸福本身），并且永远带着虚无主义和布道的色彩——在美洲诸共和国中，却是愉悦和热情。有人以讲西班牙语为幸事，用西班牙语对形而上学的畏惧进行高级思辨，这本身就足以说明什么，同时也是巨大的勇气。人们总是把死亡带到这种语言里，总是把醒悟、建议、悔恨、顾虑、提防，以及文字游戏、双关语等同样代表死亡的内容塞到里面。单调的语音（也就是说：那让人生厌的元音主导，正因元音数量太少，才让人厌倦），让它更像布道，

1　Fray Luis de León（1527—1591），文艺复兴时期西班牙神学家、诗人和翻译家。

听起来总是铿锵有力。然而，我们要的是一种温柔、幸福的西班牙语，可以与我们那日落美景，与街头巷尾的甜蜜，与我们的盛夏、雨滴以及公开的信仰，相伴相生。"被期待的实质，对未见的昭示"——圣保罗这样定义"信仰"。我们来自未来的回忆——而我会这样翻译。"希望"是我们的朋友，她跟我们说，让阿根廷的调子完全融入西班牙语。每个人都写出内心深处的声音，我们就会拥有她。只要让我心我思发出声音，无需其他任何文学和语言技巧。

　　这就是我要向你们讲的。未来（更贴切地说，是"希望"）牵引我们的心前行。

阿梅利科·卡斯特罗博士的警报

　　"问题"这个词貌似无害的外表下，却可能隐藏着一个预设命题。谈论"犹太人问题"就是肯定犹太人是个"问题"：是预言（和建议）追捕、掠夺、枪杀、断头、诱奸未成年少女和阅读罗森贝格 [1] 博士的文章。虚假"问题"的另一个坏处是鼓动同样为不实的解决方法。对老普林尼（《自然史》第八卷）来说，仅仅观察到龙在夏天攻击大象是不够的，他还大胆设想，龙这样做是为了喝干大象血，因为无人不知，大象血很凉。对卡斯特罗先生（《……语言特点……》）[2] 来说，仅仅观察到"布宜诺斯艾利斯语言的混乱"是不够的，他还大胆设想出"暗语化"和"对高乔语谜一般的热衷"。

　　为证明第一个结论，即西班牙语在拉普拉塔河遭到破坏，博士使用了一种——如果我们不想怀疑他的智力，就要说是"诡辩之术"，如果我们不想怀疑他的诚实，就要说是"天真"——的方法。他在帕切科[3]、瓦卡雷扎[4]、利马[5]、拉斯特·瑞松[6]、康图西[7]、恩里克·冈萨雷斯·图尼翁[8]、巴勒莫、延德拉斯[9]、马尔法蒂[10]那里搜集片语只言，像儿童般一本正经地抄写下来，然后到处展示，作为我们"堕落"语言的实例。他没想过，像这样的描述（"端着啡咖加奶牛[11] / 和螺旋面包 / 你来

---

1 Alfred Rosenberg（1893—1946），德国纳粹主义理论家。希特勒因慕尼黑啤酒店暴动失败被捕后，指派罗森贝格为纳粹党领袖。

2 《拉普拉塔河的语言特点及其历史意义》（布宜诺斯艾利斯罗萨达出版社，1941 年出版）。——原注

3 Carlos Mauricio Pacheco（1881—1924），阿根廷通俗剧作家。

4 Alberto Vacarezza（1886—1959），戏剧家、探戈词作者、诗人，被认为是布宜诺斯艾利斯通俗剧的代表人物。

5 Hamlet Lima Quintana（1923—2002），阿根廷诗人。

6 Last Reason，为乌拉圭作家、诗者 Máximo Sáenz（？—1960）的笔名，他使用这个笔名创作了一系列与赛马有关的风俗志小说，于二十世纪二十年代在乌拉圭和阿根廷名噪一时。

7 José María Contursi（1911—1972），阿根廷探戈歌词作者。

8 Enrique González Tuñón（1901—1943），阿根廷作家、记者和小说家。

9 Nicolás de las Llanderas（1888—1938），阿根廷戏剧家。

10 Arnaldo Malfatti（1893—1968），阿根廷戏剧家、电影剧本作者。

11 原文为 "con un feca con chele"，其中 "feca" 和 "chele" 分别是将 "café" 和 "leche" 倒写。

到市中心／硬装有钱佬")属漫画笔法，而是认定其为"严重受损之症"，究本溯源，则是"出于众所周知的情况，当西班牙帝国的脉搏到达拉普拉塔河流域国家时，已经虚弱无力"。若以此类推，那么也可认为，在马德里西班牙语已经荡然无存，正如拉法埃尔·萨利纳斯收录的这曲小调（《西班牙罪犯：他们的语言》，一八九六年）所显示的那样：

> *El minche de esa rumí*
>
> *dicen no tenela bales;*
>
> *los he dicaito yo,*
>
> *los tenela muy juncales...*

> *El chibel barba del breje*
>
> *menjindé a los burós:*
>
> *apincharé ararajay*
>
> *y menda la pirabó.* [1]

1　用西班牙吉卜赛语所写。

与这么一团迷雾相比，下面这首可怜的暗语小调真可算是清澈见底：

El bacán le acanaló,

el escracho a la minushia;

después espirajushió

por temor a la canushia.[1]

在第一三九页，卡斯特罗博士向我们宣布，自己还写了关于布宜诺斯艾利斯语言问题的另外一本书；在第八十七页，他洋洋得意地说自己破译了林奇写的一段乡下人对话："里面的人物使用了最粗俗的表达，只有我们这些完全熟悉拉普拉塔河各种行话的人才能明白。""各种行话"：这个复数很奇特。除了暗语（有限的监狱用语，没有谁会梦想将它与枝繁

1　西班牙语，那个有钱人／划破情妇脸／然后逃夭夭／害怕坐监牢。收录于路易斯·比亚马约尔的暗语词典《底层语言》（布宜诺斯艾利斯，1915）中。卡斯特罗没有提及这些词汇，可能是因为阿尔图罗·科斯塔·阿尔瓦雷斯在一本重要著作——《阿根廷的西班牙语》（拉普拉塔，1928）——中指出了它们。无须赘言：没有人说 minushia, canushia, espirajushiao。——原注

叶茂的西班牙吉卜赛话作比较），在这个国家没有其他行话。我们没有以方言为忧，但的确以方言学院为患。这些机构以谴责由自己发明的"行话"为生。它们根据埃尔南德斯，拼凑出"高乔语"；根据某个为波德斯达兄弟马戏团工作的小丑，想出"西意掺杂语"；根据小学四年级学生的语言，又想出"颠倒音节"。它们有语音学家：明天就可以给小鹦鹉的叫声注音。它们所仰仗的，就是这样的断章取义；而如此之"财富"，无论是现在或将来，我们都要归功于它们。

"口语在布宜诺斯艾利斯所表现出的严重问题"也同样不实。我曾游历过加泰罗尼亚、阿利坎特、安达卢西亚，卡斯蒂利亚，也曾在法德摩萨住过两年，在马德里住过一年，这些地方给我留下了愉快的回忆；我从未看到西班牙人比我们讲得更好（他们讲话的声音更大，这的确是事实，而且带着不知疑问为何物的笃定）。卡斯特罗博士指摘我们使用过时语言。他的方法很耐人寻味：他发现在奥伦塞省的圣马梅·德普加镇，人们已经忘了某个词的某个意义，所以就马上得出结论，认为我们阿根廷人也应该忘记……事实上，西班牙语的确有几个缺点（单调的元音主导、语调过于铿锵、不能组成复合词），但是却没有那些蹩脚捍卫者所指摘的缺欠：难。西班牙语简单至极。只有西班牙人才认为它艰深：可能是因为加泰罗尼亚话、阿斯图里亚斯话、马略卡话、加利西亚话、巴斯克话、瓦伦西亚话的影响让他们糊涂，也可能虚荣导致错误，还有可能是语言上的笨拙（比如说他们会混淆宾格和与格，用 le mató 来替代 lo mató，他们通常不会发 Atlántico 和 Madrid[1] 的音，他们认为一本书可以冠以这么一个拗口的名字：《拉普拉塔河的语言特点及其历史意义》）。

卡斯特罗博士这本书中，每一页都充斥着传统的错误看法。他鄙视洛佩斯[2]，而尊崇里卡多·罗哈斯[3]；他否定探戈，却对哈卡拉[4]心向往之；他以为罗萨斯[5]是个马匪首领，是类

1　指 Atlántico 和 Madrid 两个词中的辅音音节 "t" 和 "d" 在实际发音中经常被省略。
2　Lucio Vicente López（1848—1894），出生在乌拉圭的阿根廷作家、记者、律师和政治家。
3　Ricardo Rojas（1882—1957），阿根廷诗人、戏剧家、演说家、政治家和历史学家。
4　Jácara，源于西班牙黄金世纪的讽刺音乐剧，多用于幕间剧演出，主人公多为黑道人物，后传至美洲。
5　Juan Manuel de Rosas（1793—1877），阿根廷军事和政治领导人，从 1829 年至 1852 年统治阿根廷，是拉丁美洲第一个考迪略主义独裁统治者。

似拉米雷斯[1]或阿蒂加斯[2]式的人物,所以荒唐地称他为"领头的半人马"(格鲁萨克更形象、更准确地选用了"后方民兵"这个字眼来定义他)。他不让用——我觉得他说得有理——cachada 这个词,却接受 tomadura de pelo[3],后者看上去既非更合逻辑,也非更具魅力。他攻击美洲习惯用语,因为更喜欢西班牙的习惯用语。他不喜欢我们说 de arriba,想让我们说 de gorra[4]。这位"布宜诺斯艾利斯语言事实"的检查者严肃地记录:布宜诺斯艾利斯人管龙虾叫 acridio;这位让人摸不着头脑的、卡洛斯·德拉普阿[5]和雅卡雷[6]的读者向我们揭示,taita 这个词在郊区话中是"父亲"的意思。

这本书的形式与内在也并无二致。有时,它采用商业文体:"墨西哥图书馆拥有一流的图书"(第四十九页);"海关……强制课以高价"(第五十二页)。有时,在冗长无味的

1　Pedro Pablo Ramírez (1884—1962),阿根廷军人,1943—1944 年曾短暂担任阿根廷总统。
2　José Gervasio Artigas (1764—1850),乌拉圭民族英雄,乌拉圭独立运动领袖。
3　与上文中的"cachada"均为"嘲弄"之义。
4　与上文中的"de arriba"均为"免费"之义。
5　Carlos de la Púa (1898—1950),阿根廷诗人记者。
6　Yacaré 为 Felipe Fernández (1889—1929) 的笔名,阿根廷记者,暗语诗人。

思考中，又会冒出别开生面的无稽之谈。"这样，就出现了唯一一种可能，暴君，他是民众漫无方向的能量的聚合，他不会引导民众，因为他不是指路人，而是压倒一切的庞然大物，是巨大的矫形器，机械、野蛮地将离群羔羊赶回羊圈。"（第七十一、七十二页）还有些时候，这位瓦卡雷扎的研究者想要做到"公允"："也是出于同样的原因，阿隆索和恩里克斯·乌雷尼亚的精彩语法[1]才会遭受轰炸。"（第三十一页）

　　拉斯特·瑞松笔下的混混们在言语间会拿骑马打比方；卡斯特罗博士犯起错来却更加多面，会将无线电和足球齐用："拉普拉塔河的思想艺术是宝贵的天线，可以接收世间任何价值与苦练，若有利信号的方向没有被命运改变，强大的吸收姿态会让硕果呈现。诗歌、小说和散文在拉普拉塔河不止一次完美'进球'，在科学与哲学领域，亦有耕耘者鼎鼎大名。"（第九页）

1　指 Amado Alonso 和 Pedro Henríquez Ureña 于 1938—1939 年在阿根廷出版的《西班牙语语法》。该语法想突破当时占绝对主导的西班牙皇家语言学院语法，认为这种语法内中多有矛盾、含混之处，过于受法语和拉丁语语法影响，而提出用一种连贯、明确和共时的语法来替代传统语法。

在错误、浅薄学识的基础上，卡斯特罗博士还不厌其烦地添加了阿谀、韵文和恐怖主义。

后记：我在第一三六页上还读到："像阿斯卡苏比、德尔坎伯或埃尔南德斯那样，一本正经而非玩笑地投身写作，此事耐人寻味。"我把《马丁·菲耶罗》结尾篇章抄在这里：

他两个溜进圈栏，
偷偷把马群驱赶。
对此事非常老练，
叫牲口走在前面。
很快就过了边界，
神不知鬼也未见。

他们已越过边境，
那时正升起曙光。
克鲁斯劝说马丁，
再看看身后村庄。

就只见热泪两行，
在朋友脸上滚落。

沿着那既定方向，
走进了漠漠大荒。
旅途中或有争斗，
也不知生死存亡。
但愿得有朝一日，
知道些真情实况。

介绍过这些消息，
故事就到此告尽。
我讲述这些不幸，
只因为都是实情。
您所见每个高乔，
都是用苦水泡成。
苦难和不幸编成，
每个草原高乔人。

请您把心中希望，

寄托在上帝身上。

我已经尽抒己见，

在此就告辞收场。

倒霉事人所共有，

可就是都不肯讲。[1]

  我"认真、而非玩笑"地问：谁讲的更像是方言，是我抄录的这些流畅诗句的作者，还是那位前言不搭后语，写下将羊赶回羊圈的矫形器、遭受轰炸的语法或者在文学题材中踢起足球的人？

  在第一二二页，卡斯特罗博士列举了一些文体正确的作家的例子；虽然我也位居其列，但我自认还算不上完全不够资格来谈论文体。

1　引自《马丁·菲耶罗》，赵振江译。

马 车 铭 文

需要读者想象一辆马车。不妨把它想象得大一点，后轮比前轮高，仿佛里面储备着力气，魁梧的克里奥尔车夫就像身底下的马车一样，钢筋铁骨；不经意的双唇间有时发出一声口哨，有时又用奇特的温柔警告不好好拉车的马匹；两侧的辕马和领头的前马（如果一定要打个比方，就是马车的船头）。载货或空车都是一样，区别是当空车返回时，脚步不再为工作所累，而车夫座位此时更像宝座，上面仿佛还留有匈奴王阿提拉帝国金戈铁马的气势。车轮轧过之处可能是鹅山街、智利街、帕特里西奥斯街或瓦伦丁·戈麦斯街，但最好是拉斯埃拉斯街，因为那里的车辆更加形形色色。马车不断被身边的车辆超越，但是迟缓恰恰成了它的胜利，仿佛别人的匆匆都是奴隶惊慌失措的奔命，而自己的迟缓才是对时间的完全占有，甚至是永恒（这种对时间的占有是克里奥尔人无穷也是唯一的财富。我们可以把这种迟缓升华为静止：对空间的占有）。马车还在继续，它的一侧写着铭文。这是郊区的老规矩，虽然在阻力、形状、用途、高度、现状字样之上再加的这句无甚用处的话坐实了欧洲人在讲座里对我们的诟病——"话痨"，我却不能避而不谈，因为这恰是本文内容所在。我捕捉这样的词句已经有一段时间，车场中的铭文意味着漫步和悠闲，远比真实藏品更有诗意，这在如今已经"意大利化"的日子中益发难得。

我不想把这些东拼西凑来的小玩意儿统统倒在桌上，只想展示其中几样。显然，这篇文章关乎修辞学。众所周知，整理归纳这门学科的人将词语的所有用途都收罗在内，甚至连字谜、双关语、藏头诗、易位构词游戏、词语迷宫、立体迷宫、公司标识等不值一哂的小把戏也不落下。如果这最后一个——只是象征图案，而非词语——都能够被囊括进来，那么我的理解是，再加上马车铭文也无可厚非，它是起源于盾牌上的铭文在西班牙美洲殖民地的变体。而且，将马车铭文与其他用途等同起来，会有助于读者理解，不会期待我的发现有多么新奇和过人之处。怎么会有这种期待呢？——如果在梅嫩德斯·佩拉约或麦克米兰再三斟酌的选集中都看不到——也从未有过——它的影踪。

有一个错误显而易见，那就是将马车所属地点当成真正的铭文。"博利尼庄园款式"——这个名字倒是与车子的简陋将就相得益彰，可能会让人犯这种错误；而萨韦德拉一辆马车的名字，"北方之母"，就真的会让人犯这种错误。名字很漂亮，我们可以尝试做出两种解释。一种是不可信的，就是忘掉比喻，想象"北方"是由这辆马车生出来的，一路走过，生出的"北方"就飘荡在房屋、杂货店和油漆店间。另外一个就是诸位所想到的，应该采信的那种解释。其实这类名字应当属于另外一种不那么家常的文学体裁，即商号名称，此类文体有很多出色作品：比如乌尔基查区的裁缝店"罗德巨人"或贝尔格拉诺区的制床厂"睡眠传说"，但是它们不在我的讨论范围之内。

真正的马车文字没有很多花样，传统上，都是自我肯定的路数——"维尔迪斯广场之花"、"胜利者"，而且常常帅气至极，比如，"钩子"、"小子弹"、"棍子"。最后一个我很喜欢，但是我想起萨韦德拉区另外一辆马车上的铭文，顿时让之前那个黯然失色。它叫"船"：将漫漫长路比作航行，在无边无际、暴土扬尘的街巷中破浪前行。

在马车铭文中，有一个特色鲜明的种类，那就是送货车上面的铭文。在女人的讨价还价和家长里短声中，马车已不再费心去彰显刚勇气概，而是用醒目的字母显示周到服务或对女人的殷勤。"乐意服务"、"护我者长命"、"南方的巴斯克小伙儿"、"风流美男"、"远大前程送奶工"、"好小伙儿"、"明天见"、"塔尔卡瓦诺记录"、"太阳为所有人升起"——这些是快乐的；"你的双眸对我做了什么"，"灰烬之处必有火燃过"，里面充满个人情感；"嫉妒我的必绝望而死"，应当是受到西班牙的影响；"我不着急"是如假包换的克里奥尔人说法。短句子的严肃冷淡通常会被设法弥补，要么是采用欢快的说法，要么是多写几句。我就曾见过在一辆水果车上，除了它引以为荣的"本地最受欢迎"，还加了两句，表达自己的志得意满：

我说了，我还说

我谁也不羡慕

在一对阴影中的探戈舞伴旁，一本正经地注明："直截了当"[1]。这种短句营造的健谈和对格言式语句的热爱，让我联想起哈姆雷特中那位著名政治家波隆尼尔以及现实中的波隆尼尔——巴尔塔沙·格拉西安[2]——的说话方式。

再回到传统的马车铭文上去。"莫龙的半月"是一辆高高的马车，车身四周围着船只一样的铁栏杆。在一个潮湿的夜晚，我在布宜诺斯艾利斯大市场中心偶然打量起这辆马车，在十二条马腿和四个轮子的支撑下，它君临于袅袅升腾的各种腐败气味之上。"孤独"是我在布省南部见到的一辆小马车，真称得上是鹤立鸡群——它和"船"是一个路数，但是更加直白。"她女儿喜欢我，碍老太婆什么事"这条也不能略

1　原文为"Derecho Viejo"，是一首著名的阿根廷探戈音乐，由作曲家爱德华多·阿罗拉斯所作，1916 年首演。在原来的音乐基础上，曾有不同歌词作者为其填词。

2　Baltasar Gracián y Morale（1601—1658），西班牙作家，哲学家，代表作有《批评家》《人生智慧书》。

过不提，倒不是因为它说得巧妙，而是因为里面如假包换的车场腔调。"你的吻曾经属于我"也是一样，它来自一首华尔兹，但是因为被写在了马车上，所以就带上了傲慢语气。"看什么，嫉妒的家伙"有点女里女气，有点招摇。"我很自豪"在对博埃多区的一片非议中横空出世，正大光明，高高在上。"'蜘蛛'到了"是一则出色的广告。"金发女，门儿都没有"更胜一筹，这不仅因为克里奥尔人式的吞尾音和所表露出的对深肤色女子的偏爱，还因为 cuándo[1] 这个副词的讽刺用法，在这里相当于"门儿都没有"。（"关于 cuándo"的否定用法，我最早是在一首无法言传的米隆加中了解到的，抱歉无法"小声"写出，或用拉丁文记录以略解羞赧之情。我另找一段墨西哥克里奥尔人的民歌来替代，它收录在鲁文·卡姆珀斯写的《墨西哥民俗与音乐》一书中："他们说应毁掉——我走过的小路；——小路可以毁，——我的爱呀，却是万万不能"。"想要我的命，没门儿"也是在拼刀子时，躲过对方焦木棍或刀子后经常说的结束语。）"枝头的花儿开了"这条宣

---

1 意为"什么时候"。

告充满魔力，营造出一片静谧。"几乎没有感觉，你本来可以告诉我，又有谁会说出口"——好到一个词都无法改动。让人联想背后的悲欢，在现实生活中周而复始，符合情感规律：就像命运一样，向来如此。它是经由文字流传下来的表情与动作，一次次成真。它的含蓄就是郊区人说话时的含蓄，无法直接陈述或思考，而更喜断断续续，泛泛而言和假象：像刀痕一样弯曲。但是，独占鳌头、在所有铭文中独自盛开的黑色花朵，却是这条含蓄的"败者不哭"，苏尔·索拉和我都深深为之着迷，哪怕我们能够领会罗伯特·勃朗宁[1]那微妙的神秘，马拉美[2]的琐碎和贡戈拉那些让人烦躁的词句。"败者不哭"，我将这朵黑色的康乃馨送给读者。

在文学中没有根本的无神论。我以为自己已不相信文学，却听命诱惑的召唤，收集这些文苑点滴。有两个理由可以宽宥我的做法。一个是对民主的迷信，即认为在任何一个无名无姓的作品中都蕴藏着闪光点，就好像我们加在一起，就会

1　Robert Browning（1812　1889），英国诗人，代表作有《指环与书》。
2　Stéphane Mallarmé（1842—1898），法国诗人、文学评论家，早期象征主义的代表人物之一。代表作有《埃罗提亚德》《牧神的午后》。

懂得无人知道的事情，就好像智慧生来胆小，只有在无人监视的情况下才能自由发挥。另外一个理由是，简短的更容易判断。谁都不愿承认，自己对一行字的判断居然会不是定论。我们会将信念寄托在一行而非一章字上。这里不得不提到伊拉斯谟：从不轻信，对谚语刨根问底。

再过很多时候，这篇文字也会开始变得有些学问。我不能提供任何参考书，只有一位与我有同样喜好的前辈信手写下的这段文字。它是一份被舍弃的草稿，属"传统诗歌"，即今人所说的"自由体"。我记得是这样的：

　　侧面铭文的马车，

　　穿过你的早晨，

　　店铺在街角温柔等待，

　　仿佛天使来临。

我从此更爱马车铭文，车场中绽放的花朵。

何塞·埃德蒙多·克莱门特

布宜诺斯艾利斯的语言

做与"我们的语言"有关的研究时，就无法不提及豪尔赫·路易斯·博尔赫斯。很少有人像他那样经常关心布宜诺斯艾利斯人的语言特点（模仿他们的说话方式）。我想集中探讨他所关注的内容之一——阿根廷人的语言，同时尝试为布市语言方式研究提供一个新视角。虽然博尔赫斯说的是"阿根廷"，但也只限于题目，因为他和我一样，所指均为首都布宜诺斯艾利斯一带。

可能如此精确地限定语言边界会更加刺激"纯正派"的敏感神经，但是，如果西班牙语的疆域果真是由统一语法管辖，那么同样为真的是，在这片疆域内部，每一地区都呈现出不同的气候、风光和精神面貌。墨西哥、智利、阿根廷与西班牙之间相距遥远，这中间横亘的，不仅是长长的大陆，还有不同的生活和思维方式。在这些幅员辽阔的国家内，也是同样的情况——比如阿根廷，北部干燥多山，西部矿产雪原，海岸湿润甘甜，草原平整无垠，遥远的南方伸展到世界尽头，这一切勾勒出词语的音调和环境意义。

自然，每一片广袤区域都有自己的表达方式。好奇的游客首先会察觉，在萨尔塔省、胡胡伊省和图库曼省所使用的当地词汇很接近，但这些词汇又与恩特雷里奥斯省、科连特斯省和米西奥内斯省的多有不同。原因很简单：如果一个人放眼望去，看到的是另外的河流、天空和地平线，那么他的情感生活也会被打上另外地方的烙印。个体情感会改变语言的视网膜，让它更加丰富灵活。

我并不想煽动语言叛乱，但同样也抗拒学院专制：非此非彼。思想上的极端是危险的——暴露出狂热；最好选择近来被斥为贬斥的中间立场，也即合理利用反作用力中的能量。极端的意义就在于中心。我的观点是，通用西班牙语可以准确表达抽象思想的范畴——公正、希望、自由，但是在生活领域，在情感方面，就无法做到同样有效。从自身经验出发，我们知道，在表达感情时，讲究措辞或使用朋友间的默契字眼，甚至只是一个表情，都会取得更好的效果。正如语调决定了一句话的意思，本地习惯则决定了它的情感内容。本地话并非叛乱，它只是语言的调子，语言的表情。

谨慎起见，还要补充一点：民间语言并非像某些居心叵测之人匆匆断言的那样，充满坏生活的印记，当然也的确不乏此类内容。在布宜诺斯艾利斯及其周边的城市中，光荣与悲惨兼而有之。

用来研究社会阶层的分割图也可用来进行语言研究。上等阶层对应学院语言；中等阶层对应日常语言；下等阶层对应街头语言，与暗语和粗话为邻。这几种语言殊途同归——从最底层的语言中产生出前面两种。社会最底层发出的声音最终会变成城市词典的一部分。作为一种并非偶然的现象，城市词典中已出现一些阿根廷本土词汇：macana（谎言）、truco（纸牌游戏）、pava（热水壶）、cocoliche（糟糕透顶的西班牙语）、guarango（没有教养的）、otorio（傻瓜）、pampa（不长树木的广阔平原）、farra（狂欢）……在马拉雷特[1]编纂的《现代美洲西班牙语词典》中收入了 batata（手足无措）、catrera（床）、cinchar（工作）、chau（再见）、jabón（害怕，欺诈，欺骗）、orejero（传闲话的）、tarro（特别好的运气）、rosedal（玫瑰丛）、colectivo（公交车）、grupo（谎言）、heladera（冰箱），等等。

语言母体采用四种方式来生成词汇：一）直接创造：atorrante 意为睡在码头空地水管中的流浪汉，因这些水管是由 A.Torrante 公司安装而得名；二）因相似性而生出新词义：crudo（不熟练），原意是尚未做熟的肉；三）派生词义：amurar[2]（抛弃），来自 amurado，即被监狱围墙隔离在社会之外的人；四）创造写法：garaba，是将 baraja 反写并稍加修改而成（garaba 是指在街头游荡，伺机挣钱的女人，就像赢扑克牌）。最后这种方式还包括叫做 vesre 的词语倒写，比如 feca con chele（café con leche，奶咖），jotraba chorede（trabajo derecho，正当工作），gotán（tango，探戈）；另外还有缩写（从 malévolo 生成 malevo）和添加（从 deveras 生

---

1 Augusto Nicolás Malaret（1878—1967）：*Diccionario de americanismos*（1925）。

2 muro 意为"墙"。

成 endeveras）。

民间语言的主要手段是"比喻"。正如卡梅罗·博内特所说，"民间是个永不疲倦的'比喻'加工厂。艺术天性让百姓喜欢使用比喻义"。他以"头"的各种比喻叫法为例：fosforera（火柴盒），因为里面的内容；pensadora（思考机），因为功能；mate（马黛），因为形状；azotea（天台），因为位置；还有一个贬义字眼：piojera（虱子窝）。除了这几个有趣的例子，还可以再举出几个：palmado（病人），来自 palma，丧礼供奉；botón[1]（警察），因为他"扣"住罪犯；grasa（傻子），有机物，一团糨糊，没有智商；hoja de repollo[2]（五十块比索纸币），因为是绿色的；yugo（工作），套在牲畜身上的器物，逼迫它们顺从；adornar（给钱），来自修理，整理好某样东西；canillita[3]（卖报纸的），因为他们那标志性的松松垮垮的袜子；hacer sebo（混日子），因为养

---

1 botón 意为"扣子"。
2 repollo 原意为卷心菜。
3 canilla 有"麻秆腿"之义。

肥膘；tacho[1]（蹩脚的乐队），因为声音刺耳；canchero（有能力的），因为他可以掌控土地，掌控 cancha，他工作的地方；vento（钱），来自意大利语的 vento 即"风"，因为钱很容易散去。

一些习惯用语也很形象：aplaudir la cara（字面义"打脸"），指搜身；hacer bolsa a alguien（字面义"让某人变成袋子"），杀掉他；caradura（字面义"厚脸皮"），厚颜无耻的；hacer bandera（字面义"树立旗帜"），吸引注意；estar en la palmera（字面义"待在棕榈树下"），缺钱；llorar la carta（字面义"哭手里的牌"），求助；muerto de frío（字面义"冻死鬼"），可怜鬼；piojo resucitado（字面义"复活的虱子"），新兴有钱人；sobre el pucho（字面义"烟头上"），马上……

还有些词，它们本身不是本地语言，而是外来词，但却获得了"公民权"。其中，属于法语或其行话的包括：cana

---

1 原意为"铁皮桶"。

(canne)，警察；escracho（escrache），脸；macró（maquereau），皮条客；ragú（ragoût），饥饿；enfriar（refroidi），谋杀；bulín（boulin），房间。属于意大利语的有：bacán（bacán），有钱人；batifondo（battifondo），混乱；berretín（beretin），执念；biaba（biava），击打；estrilar（strillare），生气；yeta（jettatura），厄运；fungi（funghi），帽子；linyera（linghera），流浪汉。属于葡萄牙语的有：fulo（fulo），气恼的；matungo（matungo），老马；tamango（tamanco），鞋；cafúa（cafúa），监狱；vichar（vigiar），监视。属于英文的有：chinchibirra（ginger beer），姜汁啤酒，柠檬汽水；gol（goal），进球；estandar（standard），标准的；sangüich（sandwich），三明治；orsai（off side），越位。来自土著语的，有属于克丘亚语的，比如：pucho（puchu），多出的；yapa（yapani），饶头；chuchi（chuncchina），甜言蜜语；ñaupas（ñaupaco），从前；minga（minka），白干的活儿。来自瓜拉尼语的有caracú（caracú），骨髓。

这里为布宜诺斯艾利斯语言所做的辩解并不代表有意包庇里面的陋习或轻率。对它可以指摘（事实上也的确有此说法）的地方是发音被简化——很少有人会发结尾的 s 音，发 z、c、h 或 ll 的则更是少之又少；同样，虽然在教学中反复强调，但人们还在继续使用过时而错误的 voceo 用法、粗鲁的 sois 形式、没有分词的 recién 和葡萄牙语化的 desde ya。如果说这样的例子已经很多，那还没有算上 cosa 这个已经被滥用到一塌糊涂的词。

作为答辩，可以这样说：由于我们首都是全世界各种语言的终点码头，所以它不可能独善其身，逃脱必然的接触，把它和马德里或者任何一个相对年轻的陆地城市相比——甚至是和一个没有移民迁徙的滨海城市相比，都意味着对问题缺乏理解。要想净化布宜诺斯艾利斯的发音和句法，只需把持续到来的移民去掉，也就是说，剥夺它的未来。

码头城市会将自己继承的语言国际化，会将符合自身特色的自然变体和对外语的适当改造添加到母语之上。会有人说，其中有一些是"多余的"，因为在西班牙语中存在"正确"的对应，或者有些不过是将已经不用的词再拿出来用而已；又或者，他们会说，在布宜诺斯艾利斯暗语中的 afano、bronca、guita、fuste、gayola、taita 在马德里的暗语中早就存在。这么说的人忘了，词语就如同果实，被移植到哪里，就会吸收哪里大地的味道；这种味道会让它和大地紧密相连。而且，词语迁徙和对旧形式的厌倦恰恰是新文风的力量所在："返老还童"很多时候会让古老的词语长出新的枝芽。

再重复一遍，我并不打算盲目地捍卫某种方言。眼下，有一种趋势甚嚣尘上，那就是从语言的"唯心主义"过渡到"实证主义"，前者将个体（原因）与周遭社会因素对立起来，而后者则认为个体是由一个中心体决定的。两个方向继续发展下去，都会成为极端。我要再次回到上文提到过的稳定平衡中去，回到众所周知的索绪尔理论——"个体"（言语活动）和"语言"。个人反映社会，社会塑造个人；当然，个人特点是不可避免的，它是基本数据单位。

个人，国家，人类：这是语言的往复历程。叶斯柏森[1]一本很有意思的书（恰恰是以这三个层次作为标题）中，也特别提及在大城市、在港口首都中的方言问题。"它们作为国家

1　Otto Jespersen（1860—1943），丹麦语言学家。

的政治中心，将国内外各种表达方式带到街头，因此，它们代表一个国家的语言模式。"

布宜诺斯艾利斯的情况也正是如此。因此，从现在开始，"语言"意为"言语"，这么说并无不当，正如我文章标题所用的词语。这是一家之见，避开学院式语言研究那形而上的"精确"。

前面所举词语的多样化已经说明语言的交融。以下这些词汇也能再次确认该问题的现实存在，目前它们的常用义还没有被皇家语言学院接受：achatarse，失去勇气；afilar，恋爱；aclacranear，说别人坏话；amarrete，小气；amigazo，好朋友；bañadera，浴盆；bartolero，不熟练；bodrio，一团糟；cachar，戏弄；cachafaz，厚颜无耻的人；cafetear，指责；cafetín，小咖啡馆；colorinche，扎眼的颜色；compadrito，地痞；diarero，卖报纸的；engrupir，欺骗；escoba，扑克游戏；fumista，骗子；garronear，利用；garufa，玩乐；metejón，爱情；poligrillo，穷人；hincha，狂热支持者；idioso，脑子有病的；lavatorio，洗手间；loquero，叫喊；macanudo，很棒的；quiniela，猜尾号彩票；matufia，欺骗；

mosquerío，成群的苍蝇；palangana，自吹自擂的；pato，穷困的；pichinchero，不择手段捡便宜的人；pinta，外表出众；porra，浓密的头发；teclear，遭受危险。

如果说直到现在，我都还没有最终提到"暗语"（布市暗语），市井语言中的犯罪分支，那并非是出于刻意装出的不屑。马塞尔·施沃布[1]说："研究暗语时，不需要请求原谅。作为一种语言学现象，无论什么词汇，都属于它的范畴。"只因暗语属于行话，我才在它关乎市井（本地话汇聚的地方）百姓时，稍作提及；但是，如果不正面讨论布宜诺斯艾利斯暗语问题，这篇文章就会有失偏颇。

暗语，警察称为"牢话"，是民间语言内部的一种表达方式；是某一特定群体约定俗成的符号。若某些时候这些符号扩展到更广的群体中去，那是因为其可塑性，而且已经失去了最初的贬义，比如 mina（女人）、gil（傻瓜）、chamuyo（交谈）、papusa（美女）、dique（炫耀）、yira（散布）……

---

1 Marcel Schwob（1867—1905），法国作家、文学评论家和翻译家。

还有一些时候，普通常用词被吸收到暗语里，当然，意思改变了。bobo（傻瓜），是指要偷的表；pateó el burro（驴子蹬腿），这是一种形象的表达，是指柜台抽屉里暗藏的警报器突然响了，他们管抽屉叫"驴子"，因为和北部运矿石的牲口一样，抽屉也载着店里的银子；angelito（小天使），是用来从门外伸到里面，套住门上钥匙的小管子，房主在睡觉前，会将钥匙插在门上，将门反锁，天真地以为这样会更加安全，这根小管子的作用是套住并转动钥匙，直到将门打开；campana（钟），是负责放哨发出警报，避免同伙被抓个正着的人；cadenero（拉车的头马），和女子交往有所图的人，他们也说对这个女人是 tirar el carro（拉车）。这些特定意思一旦弄懂了，就不会继续被作为行业工具使用，而仅仅是作为语言特例而存在。走入歧途的词语，正如走入歧途的人一样，一经发现，就会改头换面，以便继续欺骗警方。专门研究该问题的人将这些词称为"词语罪犯"，这一定义并非出于修辞目的，而是要进行一种心理描述。词语有自己的生命，它们的行为和人类一样。在某一个特定情境下发挥最大效用的词语，在其他情境下，就没有相同的效果。

正如有些词语可以起到引人向善和教育的作用，还有一些词语起到让人迷失和堕落的作用。贩卖妇女的人口贩子本能地意识到这一点，将它运用得炉火纯青。通过不断替代的词汇，他们逐渐摧毁受害妇女的道德观念。他们从有意地语带双关开始，直到她们对"高级"调情话语习以为常，然后再进一步深入到下一个层次。当女人天生的羞耻心被破坏，就可以轻松地让"幸福"沦为"放荡"，让"家"沦为"奢侈"，让"道德"沦为"金钱"。举一个我们用来表达亲密情感时最亲近的词为例：在受害女子认识引诱者之前，cariño[1]这个词对她来说意味着"幻想"；然后变成"憧憬"；在第一次约会时，变成"动心"；在被索吻之后，就变成"欲望"；直到后来再变成"对心的考验"、"放弃道德底线"、"逆来顺受"，等等。今天，在她被迫用"爱"做的生意中，cariño 这个词于她，就是伪装，是工作筹码。

这几个例子只是信手拈来，于本文主旨无关痛痒。但是我们要记住：跟犯罪有关的词汇不是市井语言的同义词；犯

1　意为"亲爱的"。

罪行为存在于各个阶层中，每种情况下它的影响有可能相同，也有可能不同。如果说市井语言经常与街头暗语建立关联，那是因为后者的随意性与市井语言存在相似之处，让它更容易被记住，但这并不意味在二者之间存在硬性关联。市井语言只能被译为"次级语言"。

从清新自然的市井词汇到卡列戈的动人诗句，从卡列戈再到领略过布宜诺斯艾利斯多彩风情的人所做的精彩诗篇，它们之间存在一种共同精神：市井的情感投射。市井是我们小时候玩耍的灯火小路，是和恋人约会时的黑暗角落，是我们埋下最初梦想的地方，可能也是我们第一次梦醒之地。市井是在记忆中无限宽广的童年天地。每个人用自己的语言去讲述它，无论内容如何，都是情真意切。

它还是城市乐章：克里奥尔人的小华尔兹、米隆加以及探戈用带节奏的语句再现了市井生活，无论是浪漫思念，亦裸挑逗，还是苦涩凄凉。有时候，民间歌曲也会扭曲街头本来的样貌，在里面加入不雅词句或者小白脸被甩后的自怨自艾。通俗剧、猎奇报道和无所顾忌的矫饰之风让这种扭曲变得更加粗俗。但这时街区已经不再是街区，语言也不是它的语言。没有一个诚实的人会将布宜诺斯艾利斯真实的声音与堕落的郊区话或者弄乖取巧、南腔北调的戏剧语言混淆起来。本地语言不是郊区垃圾，而是城市的语言外衣。

地方语言是根，它深植土壤，吸收汁液，滋养母语。无论是生活在街头的普通人还是作家，都离不开地方语言。小说家需要它，用它铺垫人物背景；与日常生活联系不紧的诗人也要通过对周边及自身语言的恰当运用，在语言地图中找到自己的风格。短篇小说和散文不太依赖环境设定，然而当它们需要一个真实表情时，就需要牢牢抓住决定本地语言的特色。我们中已经有人为本地语言登记造册，如托比亚斯·加尔松（《阿根廷话词典》），利桑德罗·塞戈维亚（《阿根廷词语、新词、俗语词典》），萨穆埃尔·拉佛内·戈维多（《卡塔马卡话词典》），马努埃尔·里颂多·博尔达（《源自克丘亚语的图库曼话词典》），贝尔塔·艾蕾娜·比达尔·德巴蒂尼（《圣路易斯农村口语》），何塞·比森特·索拉（《萨尔塔话词典》），等等。

这中间也不乏布宜诺斯艾利斯的影子：博尔赫斯在本书

开头所引的文章（《阿根廷人的语言》）中，初步勾画了布宜诺斯艾利斯语言的轮廓；安东尼奥·德雷皮阿内[1]则记录了布宜诺斯艾利斯暗语（《犯罪语言》）。

我不是宣讲本地语言的权威；我只是希望，我们的常用语，包括其中不太正规的形式，可以被正式接纳，让本地语言不必以出身为耻；特别是，我要为它争取变成语文学研究对象的权利，因为到目前为止，很多研究者还拒绝给予它这一待遇。这些词语也是"新词"，其中有很多，我们像西班牙语一样在习以为常地使用，它们证明，对于布宜诺斯艾利斯自己的词汇，没有必要做出错误的品评：abriboca，走神的人；adición，待付账单；aeroparque，小飞机的停机坪；afiche，广告词；afiebrado，发烧的／狂热的；altillo，顶楼；halconear，监视；bibliorato，文件夹；bife，肉片；brulote，恶意批评；clisé，模特；comuna，城市；mandatario，统治者；conscripto，士兵；egresar，离开；exitista，投机者；figuración，威望；grapa，格拉帕酒；latero，说大话的；

1　Antonio Dellepiane（1864—1939），阿根廷历史学家、作家。代表作品有《犯罪语言》（1894）、《阿根廷历史与艺术研究》（1929）。

vinería，卖酒的地方；lustrabotas，擦皮鞋的；maroma，喧哗；matambre，肉卷；masita，果酱；repelente，讨厌的；revisación，检查；ascensorista，电梯员；islero，海岛人。

行文至此，粗俗与通俗、伪行话与本地话、地方语言与普遍语言之间的差异应已明显；某一地区的地方语言反映普遍语言，而普遍语言则引导地方语言。词素是表达个体语汇形象的语言要素，就像自己从语言个体中生出，但是只能在周围地理环境的语言四壁内部成长。现代语言学奠基人洪堡说："语言如同从自身长出，自由自在，但是却紧靠并依赖它所属的国家，当我们这样去看待它时，就会明白，没有任何由空泛词汇组成的文字游戏。"

这篇文字是要为"差异"辩护，对抗"纯正专制"对它们的"方言"偏见。这种偏见带有种族主义意味，对于所有不臣服学院统治的文学，都一律以"血统不纯"为由进行打压，并冠以"孱弱"、"幼嫩"或"企图腐蚀母语"之名，事实上，这正是其力量、血液和色彩所在。前面几个诋毁之词，只能从这样的生物学角度去做褒义理解。

暗语文体学

　　提及"暗语文体学"，两个后果无可避免："清教徒"的敌视和"卫道士"的谴责——前者对市井俚语和错误句法如临大敌，而后者则对不良行为深恶痛绝。我不否认暗语是作奸犯科，是犯罪的语言，我只是要先表明自己的看法，即上述两种后果并不尽然。在语言学——文体学也属其中一种——中，没有"纯洁"和"不良"的种类划分；有的只是词语。它们是通过这种或那种、书面或口头方式所表达的语言现实，但是，永远都只是词语。当然，社交礼仪要求我们在日常说话时要将一些不良词语排除在外，将它们早日收监。但那是另外一回事：是警察的职责，而非语言学的范畴；该做法就是要从普通字典中将某些"不雅"内容删去，免得某些多疑读者吹毛求疵。

并不因为"暗语"的脸上带着红字，我们就把它排除在"文体学"思考之外。在我看来，动不动就被祭出的"卫道士"的担忧，并非真的是这种担忧，而仅仅是女人的矫揉做作。从我的角度，我只是要就布宜诺斯艾利斯暗语写一篇短小文字，只会考虑内容是否全面，其他的，不在我的考虑范围之内。我认为，一名诚实、正派[1]的语言学家——这个词的两个意思都适用，不应时时将研究作为阵地，去探讨个人该如何在人类的和谐群居生活中规范自己的行为，后者在其他时候提出值得称道，但在此处提出却是欺骗，语言学的欺骗。

暗语一二

语言由一根叫做"句法"的脊椎串联而成：句法是语言在组织和沟通过程中的无形结构。除了这一内部章法之外，语言还需要它要组织的材料要素，即词语。因此，词语是语

---

1 原文为"honrado"。

言的地表，是它的地形地貌。若地图太大，我们得折起来才能看个仔细，那么就会发现，这叠地图中的每一小片中都勾勒有国家、地区和城市，虽然都是靠同一材料连在一起，但展示的却是不同的地区，是同一种语言的不同表达方式。这样，在一幅描绘精细的地图中，甚至可以看到每个地区的语言"边际"，看到躲在阴影里，时时保持警惕的暗语。

　　暗语，是"贼"的语言，在技术层面，它和使馆、商家以及任何想要瞒过陌生人行业中所使用的密码没有区别；它唯一的来源是需要，唯一的目的是掩护。将它和市井语言、下层百姓语言或粗鲁语言混为一谈，是个谬误。市井语言自然会受到街头三教九流的影响；而粗鲁语言已属恶语相向，暗语则更是一种行话，属于以犯罪为生的人。对于行外人而言，它完全是一团漆黑：没有哪个布宜诺斯艾利斯人会想到dequera，la yuta 是"小心，警察"的意思，也没有谁会明白 capiar los pelpas 是"把钱取出"，irse de brodo 的意思是"什么也不剩"，andar shiome 是"没钱"，no jamar 是"不明白"，estaro 是"监狱"的意思。

　　在语言中，犯罪占据单独地盘，因此有自己的世界。由于它的词汇自成一体，所以在每个国家都被明确划分出来：在法国，它叫 argot；在英国叫 cant；在西班牙被叫做 germanía 或 caló；在意大利被叫做 jergo 或 furbesque。我们的暗语 lunfardo 与它的国际同行并没有很大区别，但确实是因为年头尚短而不像 argot 这样的暗语丰富。然而，对于它的专门目的而言，已经足够，而且对于它所关注的内容，它的命名能力还是相当惊人。我在这里抄录一下对于男性西装口袋的各种叫法，引自最早进行暗语整理的德雷皮阿内：cabalete，是泛指西装口袋；grillo，是西裤侧面的口袋；grillo de espiante，是指西裤的屁股口袋；grillo de camisulín，是马甲口袋；shuca，上衣侧面口袋；sotala 或 sotana 是上衣内侧口袋；media luna 是指上衣外面、通常用来插手帕的口袋。

暗语的神秘色彩让它时常会流入市井。这种情况下，好奇的语言会忙不迭地将它记录下来，但是也忘了，这样一来，这些词汇已经不再能以同样效力在犯罪分子中间使用，也就丧失了主要功能。由探戈或猎奇报道而传播的词汇，旧主几乎都不会再继续使用。在这篇文章中所提到的词汇，也会是同样命运。

在这里研究暗语的目的并不是为了方便和犯罪分子进行语言沟通，而是希望展示它背后的心理机制，以及它对城市语言特点带来的影响。在我们平素放心使用的词语中，有一些很容易识别出它们的监狱出身。维克多·雨果在《悲惨世界》中提道："有时候，一些比喻是如此寡廉鲜耻，所以人们知道它来自耻辱柱。"不用我再赘述，amurar（作"抛弃"讲时）来自"amurado"，被监狱大墙隔离在社会之外；engrupir（分散某人注意力，欺骗）来自"grupo"，贼的同伙或助手，负责分散受害人的注意力，让他迷糊。balurdo（乱子、谎言）同样如此，来自骗子们用一包报纸伪装成钱（balurdo 本身是指这个纸包）。

鉴于暗语的"新词"特性，所以它基本上是比喻义；创新词汇——"新""标识"——总是在从前旧义基础上，再指向一个新义，以确保新义能够被理解。balurdo 如果没有让人立刻想到那个不小心的人在打开报纸包后——原本里面包着的应该是钱——的伤心失望，我们就无法完全领会它的意思。这种指向，这种对第二个意义的过渡，就是比喻。奥尔特加说得好：任何词语在最初时候都是一种比喻。

任何词语在最初都是比喻，但词语的任何派生——某种程度上也是新生词汇——却未必如此。新词可能是背离或者替代原义，也即是说，意义搬离了原来所附着的词，或者另外一个意义强行占据了原来的词。这是一种奇特的语言现象，一个词，即一个真实存在，获得了另外一个意义，而且新意义几乎永远是原意义的对立面。从这时起，虽然字母还是同样的字母，但词却变成了其他意思。

接下来，我要重点谈谈这一过程，可能会有些思虑欠妥之处，我提醒，对于所有语言形式——无论是自由的，还是被囚禁的，这一过程的影响都是相同的。

词语的指代义和引申义

任何词语都指代（指定、显示）某一特定事物；这是它的专有功能。但是，如果就此认定，被指代的事物或想法将永远附着在这个词上，那么对于语言问题的理解就不够全面。词语有一种动力，有一种意义，在很多时候，会对原来的指代义取而代之。álgido 的正确意思是"非常冷"，但是在使用过程中，却被意外变成"危机"的同义词，而且矛盾的是，它又被转成"沸点"之义。在日常谈话中，如果一个人想要形容某事达到高潮，他会使用 álgido 这个词，如果在这种情况下纠正他，就会显得过于咬文嚼字，因为这个词实际上已经在指两个方向上的意义，甚至只是指后者。我们所说的"词义"是词的指代义加上词的引申义。

引申义的转变可以通过迁移而非比喻转换而来。也就是说，当我们使用"乳牙"这个比喻时，我们的意思是，小孩子的白牙齿与牛奶之间存在相同之处，而合起来的意思是指像孩童时期一样缺乏人生经验。但是，无论在哪种情况下，"乳"或"牙"都没有失去它原来的意义，而是增加了意义，扩展了原义。但是，从 álgido 到 caliente（热），从 lívido（深紫色）到 pálido（苍白色）的转变就不属于同种情况，因为词义发生变化，原义消失。

一些年以前，说 mi mujer（我女人）和 mi esposa（我妻子）是不同的；前者有些大胆的"情妇"意味，而后者则是从法律上予以确认。时至今天，时移俗易，二词差异消失，在使用中已经不加区分。mina 也是同样。最早，它是指靠出卖肉体挣钱的女人（从前的女犯教养所是被叫做 estaro/ 监狱 de minas）；现在 mina 已经是得到尊重的亲密字眼。"妻子"和"女人"站在同一水平线上，而 mina（蜜）则有了接近 novia（未婚妻）的意思。说两者接近，因为 mina 只是准未婚妻阶段，和任何"开始"一样，都面临同样的变数。novia 已经是情感关系的极限状态，与"妻子"仅一步之遥。但是，在布宜诺斯艾利斯人的情感语言中，novia 并非全部，它只是被放在社会称呼层面，用于介绍。布宜诺斯艾利斯人还有一个终极词汇用来指代自己最爱恋的女人，这个词就是 piba。在街上咖啡馆里，要是有什么人放肆地品评一位女子的相貌，而另外一个人打断他："哥们儿，小心点，这是我的 piba"时，说话的人顿时就会安静下来，知趣地不再谈论这个话题，当再说起这位女子时，就已经使用不会冒犯男人间友谊的字眼。piba 不只是"未婚妻"，在布宜诺斯艾利斯人的心目中，是化身成为女性的市井。

esposa 和 mujer 是社会层面的同义词；piba 与 novia 是情感层面的；álgido 和 fundente、lívido 和 pálido 是反义同义词（应当将这类现义与原义相反的词语单独立类）。正确使用下，这些词是名副其实的同义词，是精神上的同义，和学校语法里教的简而化之的定义大相径庭。linda（美女）和fea（丑姑娘）作为形容词，在任何情境下都是反义词，但是在恋人间的甜言蜜语里，却是同义词。这样的例子不胜枚举。引申意义更改了原始的指代意义，改变了词源，在语言中添加了真实情感，让它更加灵活。

词源与新词

在一个词语的发展历史上，词义相对于词源所发生的变动，和与讲这种语言的人的朝夕相处有关。一个词语，只有当它的字母中带着写字之手的热度，才会引起人类共鸣。一种语言的风格由共有词汇加上个人词汇——即个人意愿——构成。因此，词源只能视为一种参考，不能作为词义保持一成不变的借口。不敢接受"新词"的，只能唯词源是瞻，而后者的确定性却有待商榷。cosmología可以用cosmos[1]和

1　意为"世界"。

logos[1] 来解释，但是 cosmos 和 logos 用哪些字母写成，却没有什么解释：一个词总归要有它的名字，这是它的民事权利。

有一句话，可以不厌其烦地重复：语言是约定俗成，受环境引导。词源充其量只与第一个词义有关，记录下后续相近语义的根源：casa（domus）和 dominus（主人）有关，自此又生出：dueño，doña 和去尾形式 don。来自同一根源的还有：dominus（主，神）和 domenica（星期天，属于主的一天）；此外还有：doméstico（打扫家中卫生的人），domicilio（家在的地方），dominio（它所包含的地面），dominador（占有的）。相反，propiedad horizontal（横向所有权）与 dictador（独裁者）等词就与 domus 在词形上并不相近，但是与它后来发展出来的词符合。词源也并非总是严格：miniatura（微型）这个词来自 minium（红色），这是中世纪工匠钟爱的颜色，用来让小型版画的画面更加明亮。还有时候，词源与其说是关于词语根源的确切解释，莫若是一种混淆：écume de mer 是一个大家熟知的瓜子品牌，它的名字来源是对德国生产商姓氏

1　意为"文献"。

72

(Kummer）的误读，它先是被改成法语中的 écümdmer，然后再翻译成西班牙语时就变成了 espuma de mar（大海的泡沫）。

　　因此，不应一味推崇词源而压制新词。并且，词源与新词有各自的领域；对于普遍性概念，词源参照可以起到指引作用，而对于身边事物，要熟悉新词用法。novia（未婚妻）在整个西语世界中都是指我们爱的、尚未缔结合法关系的女子；但是在布宜诺斯艾利斯，我们却用一种特殊眼光去看待这名女子，她从市井走来，被叫做 piba。piba 是结合了我们最纯净的精神与肉体之爱的姑娘；而 pibeta 则已经没有了性的意义，是指五到十岁的小女孩，对更小的孩子，我们使用的是指小词 pibita。与这几个不含肉欲色彩词语相对的，是充满淫荡意味的 pendeja 一词，它的指大形式 pendejón，则更有肉欲横流之义。

　　在时间长河中，词源与新词不断交替，产生出新词词源。有些时候，可以一眼识别：caburé（无法抵挡的），来自我们大草原上的同名小鸟，它的歌喉是如此婉转，让受害人如痴如醉；ni medio[1]（什么都没有），是来自殖民地时期的货币系统，一雷

1　字面义为"连半个（雷阿尔）也没有"。

阿尔相当于十分钱，而半雷阿尔则相当于五分钱；barbijo（伤疤），是来自帽子上的皮带儿，老乡们将它系在下巴上，固定帽子；lastrar（吃），来自船上货舱的容量；marroca（表链），因为它起到拴牢、固定的作用；caralisa（妇女贩子），因为他们精心保养的脸 lisho（光滑）；"requintar"[1]（调整），是将吉他的音准以五个音为单位，上下调整，以适合演唱者的嗓音。

有些新词一目了然，所以无需调查它的来历：caminantes，鞋；vidurria，好生活；invernizio，尤其；batir el justo，说出实情；paloma，年轻漂亮的女子；florear，给扑克牌做上记号，玩的时候好万无一失；vistear，试验玩刀子时的眼力和手法。还有一些新词，就很难判明来历了。我们不要忘记，暗语缺少可靠来源，任何书面记录都会迫使它改头换面，以躲过盯梢。多扎[2]提醒说，研究暗语只能通过个人问卷来进行；这种新闻性很难让符号的意义固定下来，大多数情况下，它们的来历都属于逸闻性质，在时间和其他因素作用下，一个词最后会拥有多个词源解释。taquero（警察）来自 toco（钱）和 taco

1 quinto 是"五"的意思。
2 Albert Dauzat（1877—1955），法国语言学家，专门研究地名学和人名学。

（鞋跟），前者是因为有些贪腐警员会强制索取好处，后者是因为过去的一个奇特习俗，警察在剪掉罪犯的头发后，作为侮辱，还会强迫他们取掉混混所惯穿的高鞋跟。

暗语文体

所谓"风格"是一个人的做人方式，是他的性格；"文体"，就是一种语言的性格。这是专业定义，但是，这个词的大众意义，即认为"文体"和文学风格——即美学——相近，也同样正确。举几个有意思的例子来说明。branche（枝条）这个词是法国人对朋友的称呼，因为朋友是一个人的一部分，是他的延续；Sorbonne（巴黎的大学），是指头部，因为是用来思考的；cafarde（蟑螂）是月亮，因为是夜间出来。还有一些短语，bâtir sur le devant（向前建设），是指孕妇；perdre sa clef（丢了钥匙），感到绞痛。

我们中间也有一些同样有趣的说法：paqucte[1]（笨拙），

1　原义为"包裹"。

因为行动不易；bife（耳光），因为手掌在脸上留下的印痕类似叫做 bistec（牛排）的肉片。而在暗语中，música（音乐）是指钱包，因为贼让它"发出响动"；pulenta（玉米粥）是指钱，因为它的颜色和金子一样；fangos（泥），是指鞋子，因为是踩在地面上；tambor（鼓）是指狗，因为它会报警。在短语中，de bute（很好），来自 debutar，首演，因为首演时艺人们都会很卖力，以便给观众留下好印象；a la gurda（很大规模），来自 a la gorda，大张旗鼓。当然，更换最频繁的词汇是用来指代警察的：abanico（扇子），因为警察靠转头来观察四周动静；pintor（画家），因为警察是给贼"画像"的；cana 来自法语的 canne（警棍）；yuta 来自 yunta（一对牲口），因为警察总是两两行动。

正如我们所见，暗语有它自己的独特之处，但也未把外语影响拒之门外。暗语中有大量"进口"词汇：来自意大利的有 scarpe，鞋子，funghi，帽子；来自法国的有 buyonar（boullonner，吃），embrocar（rembroquer，看）；来自英国的有 dequera（take care，小心），jailaife（high life，花天酒地的人）；来自葡萄牙的有 chumbo（子弹），buraco（窟窿）；来自印第安土语的有 chirola（钱币），ñapar（偷窃），等等。

单纯从文体角度来看，在暗语发展过程中，除靠比喻方法造出的词汇和吸收的外语词汇外，还充分利用了母语。我们不要忘记，暗语中还有这样的本土词汇：punto，被选定的受害对象；secar，使厌烦；podrir，打扰；cotorro，约会房。除了这种直接贡献以及前面所说的词义改变外，在西语中还存在以下可能：旧词转换法：taita，耀武扬威的人（"发号施令的人"——指挥的人——父亲）；重组字母法（倒写）：orbita, bati/o/r；砍头法：sario，来自 comisario（警察）；去尾法：estaro，来自 estaribel（监狱）；缩减法：yuta，来自 yunta（警察）；别字法：barbusa，来自 barba；古词法：afanar，偷窃；类比法：desempaquetar，打开，撬门；同音法：ladrillo，来自 ladrón（贼）；专有名词法：Sanguinetti，来自 sangre（血）；等等。

这篇短文中，只是对暗语进行了粗略勾画。暗语是一种具体、实用、快速的语言，接近客观现实和日常生活的特点决定了它的词汇构成。它可能是"现实的"或"情感的"，也就是说，跟生活中的两种做人方式一样。它不讲究形式，也从来不会脱离所要表达的现实。貌似抒情时，实则是为了给某个具体关注对象创造一种氛围，从来不是为了空泛的"美"。大部分词汇都是跟职业内容有关：暗号密码、工具、个人称呼，等等。犯罪门类不同，表达水平与流利程度也不同，根据说话方式，可以判定从事的是哪种犯罪活动。拦路打劫的或入室盗窃的，语言粗暴；小偷小摸的，明确，花样繁多；从事诈骗的，更是技高一筹；到了皮条客，则是巧舌如簧，炉火纯青。同时，根据犯罪门类，它们所青睐的命名对象也有所不同。对于皮条客而言，"女人"是他们的基本内容，单单指女人，他们就有近百种叫法，同时他们还拥有花样繁多的语汇来"说服"她们，让她们从事那个行业。

再继续谈下去，我就必须对犯罪行为进行道德评判了；对作奸犯科之举只罗列而规避责任是不可能的。描述暂时告一段落，现在我要重新回到基本语言问题上，谈谈暗语结构的演变。

布宜诺斯艾利斯语言特色明显，所以任何一份客观研究都无法否认，它在西班牙语世界中自成一家。抛开市井粗话、傲慢的郊区话和暗语，一个受过教育的人也会在谈话中大量使用非西班牙标准语的词汇（resfrío、islero、conscripto、heladera……）。如果有一本《阿根廷话词典》，那么它的块头一定惊人。这样浩繁的工程出自大众手笔。

语言是迎合民众的，它来自底层。人多者胜。语言具有一个社会性的普遍目的：人际沟通。"普遍性"社会学的定义是多数选举。巴利[1]说，在语言底层，涌动着生命源流，因为被万物塑造，所以有形而持久。语言与生活彼此依赖，不可分离。

词语随时产生，如果条件适宜，就会发展壮大抑或死去。决定由街道做出。如果某个有限圈子内的词汇能闯过街头筛选，就会马上扩散开来，甚至会进入更加讲究的城市阶层中。一城之语会限定一国之语，继续传递下去，会影响广泛语言；而一城之语则又会受到次级语言或行话制约。

暗语处于最初层级，是永不倦怠的语汇来源，因为它的

1　Charles Bally（1865—1947），瑞士语言学家。

自由完全仰仗更新词汇。一旦有哪个词汇被识破，马上就要进行更换。这种高度紧张下的创造性就是它丰富的根由。当然，不是所有词汇都能平安长大，很多词汇在能够独立行走之前就已死亡。暗语的生长环境恶劣，敌人众多，只有在获取方言词典的信任后，才能够流传下来。

早产也让它先天不足，容易早夭。在安东尼奥·德雷皮阿内《犯罪语言》（一八九四年）收录的词汇中，今天还在使用的，凤毛麟角。每个团伙都有自己的词汇，它们和从事同类犯罪的其他团伙都少有接触，更不用说和从事其他犯罪门类的团伙。在这种彼此的不信任中，只有区区几个词可以成为暗语通用语，而它们因过于招摇，会被警方记录在案。从这时起，最新奇的字眼儿就会进入大众语言，我们也就从这个时候开始知道它们，它们也开始接受时间检验。终极检验。我再重复一遍，一旦进入公共词汇领域，它们也就失去了专属性，不再是暗语。

有人认为，暗语的根源是在布宜诺斯艾利斯——确切说，是在首都，而它的传播则有赖于探戈。的确，最初不知源于何地的探戈音乐将晦涩的暗语藏在动人的旋律中，带到了一国中心；然后，在"母城"的引力作用下，又传播到全国的四面八方。时间磨平了探戈中被过分强调的高乔和暗语色彩；今天，探戈中的暗语已经不像从前那么认真，至多也不过是夜不归家的"正经人"对科连特斯大街的一缕闲思而已。

为什么暗语出现在布宜诺斯艾利斯，而非科尔多瓦这样的地方？这和道德水准无关，也和语言起源无关。多扎在他的著作《暗语》（巴黎，一九四六年）中指出："暗语更容易产生在受外来语影响最大的地区。"港口的川流不息毋庸置疑。这并非意味在外省就没有暗语，如果每个团伙有自己的暗语，那么每个城市也是如此。在这方面还要补充一点，由于布宜诺斯艾利斯在国内的绝对地位，所以它在媒体中占绝对主导，它的任何特点都会被轻而易举地传遍四面八方。

布宜诺斯艾利斯的语言地图

献给阿古斯丁·雅克伯斯

即布宜诺斯艾利斯

　　若要更好地理解布宜诺斯艾利斯，我们首先要想象一条长街，像脊柱一样，贯穿整个国家；这是一条情感之街，起点是外省对首都的向往，终点在这里，任何一个街区的角落，遥远而亲切。因为这就是布宜诺斯艾利斯；延伸的希望，不断的来到。港口。难怪，城区的形状就如一只慷慨的手掌，张开欢迎四方宾朋。布宜诺斯艾利斯人不是指出生在这里，而是指带着感恩之心回报这份赤诚的人。周而复始。在郊区慢慢流逝的黄昏，在彻夜通明的中心街道，在奔波忙碌的工作日早晨，在慵懒甜蜜的星期天。

可能布宜诺斯艾利斯不过是一次交谈，只是口中的憧憬。所以，很难向行色匆匆的游客展示她。哪个街区可以一下子代表她的全部？没有。每个都只是她的一小块面庞。高耸、倨傲的现代楼宇更无法代表她。依稀间，只是在几条人们行走的街道，在共享的友谊，在简简单单亲密的随意中，还残存着布宜诺斯艾利斯看不见的精神——记忆的延续，任何条文都改变不了。所以，对不断改变的街道名字，不断立起的陌生名人纪念碑，市民从来不会放在心上——那些充其量只是当权者的献媚，不过是选举，不过是运气。

用"市井记忆的延续"来定义布宜诺斯艾利斯的精神，可能看上去只是文学修辞，而没有实证。也可以说成，在日常的咖啡桌（桌旁的沉默也是交谈）和举国上下对各色球队的狂热中，也隐含着这种精神。或者，它也藏身在布宜诺斯艾利斯的神话——探戈——中。探戈按照布市的街巷和激情量身定制，它的音乐让一个大城市变成了阿根廷的情感之都。

说探戈是整个民族的情感核心，可能也会引起争议，我不想身陷其中。对探戈起源和影响的考据工作留待旁人去做。

考据是文化中的巫术。我只要听到探戈歌声中清楚再现布宜诺斯艾利斯，只要知道当我们远离祖国时，它是我们对阿根廷的思念，当我们远离快乐时，它是我们对自己的思念，就足够了。卡洛斯·伽达尔如同荷马一般的歌喉越过他没有定论的出生地，停留在他一生挚爱的"亲爱的布宜诺斯艾利斯"，那个由塞雷多尼奥·弗洛雷斯[1]、恩里克·桑托斯·迪塞坡罗[2]、胡里安·森特亚[3]和奥梅罗·曼兹[4]坚定捍卫的布宜诺斯艾利斯。同样去捍卫它的，还有弗雷·莫乔[5]、埃瓦里斯托·卡列戈、莱奥帕尔多·卢贡内斯[6]和豪尔赫·路易斯·博尔赫斯。

列出两组作家名单并非因为他们之间存在高下或差异；走在街头，我们所有人并无不同。这么做，只是为了标注他

1　Celedonio Flores（1896—1947），阿根廷诗人，探戈词作者。

2　Enrique Santos Discépolo（1901—1951），阿根廷作词家、作曲家、戏剧家和电影艺术家。

3　阿姆莱托·恩里克·韦尔古亚蒂（Amleto Enrique Vergiati，1910—1974）的笔名，阿根廷诗人、探戈词作者和暗语诗人。

4　Homero Manzi（1907—1951），阿根廷探戈歌手。

5　何塞·西斯托·阿尔瓦雷斯的笔名。

6　Leopoldo Lugones（1874—1938），阿根廷作家、历史学家、教育家和政治家。

们各自偏好的语言风格。在一个人口众多的大都市，有各种语言风格，既有字斟句酌的学院式风格，也有浓墨重彩的直抒胸臆；二者文学效力相同，但大众对它们的情感不同。情感发于表情——简化的语言，延至真实的语言——简化的表情，止于代表布宜诺斯艾利斯声音的本地语言、市民使用频繁程度和每个人的主观判断。生活在布宜诺斯艾利斯，却没有走入色彩缤纷的本地土话，就像隔着玻璃体味她一样。

我坚持自己的"街道"命题，因为这样我可以很快总结完"布宜诺斯艾利斯语言"这个题目；当然，我所用的地图也属于比喻，带有主观色彩。比喻永远都是主观的，因为要做到别出机杼。充满现代气息的圣菲大道北街和与之相对的、传统的五月大街，阿莱姆海滨大道和卡亚俄大街，共同勾勒出这一小片语言区域的四至，而这片区域又被著名的不夜大街科里恩特斯大街分成两部分。

现在我们凑到这个语言屏幕前，仔细看看里面的画面。先从南部开始。五月大街尽管已经江河日下，却还保留着殖民地"大街"的昔日荣光。路两边的滑稽歌剧院和西班牙式电影院将人带到世纪末马德里静谧的林荫大道。宽阔便道上点缀的教区集会桌子，更是让人身临其境，桌旁的声音还在固守旧时腔调，tú 和 ti 在布宜诺斯艾利斯人听起来是如此刺耳和奇怪。当然，说五月大街只属于西班牙人，对于那些追随父辈脚印，每日行走在这里的外省人来说，有欠公平。一排灰暗的寒酸旅店迎接着来自内陆的男女，他们将从这里开始他们的首都生涯。五月大街上，外省人和西班牙人就如同美洲的殖民历史：征服者的后代与被征服者的后代肩并肩地站在一起。从西班牙来到的词语还要继续它的统治，但同时还有生在本土，血统同样纯正的词语，只不过不同的太阳已经改变了它们的肤色。

在语言地图上，与五月大街相对的另外一边是圣菲大道，即巴黎。有时也是罗马，有时也是伦敦，但永远是欧洲。这是高雅与时尚荟萃之地，行人操着外国腔，贵族来这里享受生活。圣菲是永远的指南针，总是洋溢着旅行者或梦想旅行者的乐观精神。它是掌权阶层或新兴富贵阶层最爱的地方：冷漠、强大、年轻。如果我们给布宜诺斯艾利斯街巷写一篇传记，那么无疑，圣菲正处在快乐的少年时代，无忧无虑；五月大街则已经是进入成熟年纪，平静淡然，要么是未来已经成为过往，要么是从未对未来寄予厚望。属于资产阶级——与安于现状同义——的外省人与西班牙人在这里找到了彼此的相似之处，这并非出于偶然；而招摇过市的"小开"最早就是在靠近圣菲北面的一家咖啡馆内产生，也非出于偶然；在这里提出编纂"淘汰式词典"，倡导一种被幽默大师兰德鲁巧妙讥讽为"文化人或者……鬼知道"的语言，也同样并非出于偶然。

在相对两侧的正中间，是科里恩特斯大街，也是"市井街道"的代名词。布宜诺斯艾利斯八方街道汇聚在科里恩特斯，没有地段之分，也没有距离远近。比亚·克雷斯珀作为克里奥尔化的犹太区日益壮大，动乱的巴勒莫流传着各种有关刀子和监狱的坊间故事，博卡区是花里胡哨的便宜房屋和民间剧中时常刻画的热那亚风俗；还有圣特尔莫区，古徽章已经不在，老院落却还未倒；蒙塞拉特和人市场区还带着对往昔声色犬马和古老探戈的回忆；昂西广场各种"淘货"吆喝此起彼伏；里尼尔斯以及临近的西区，还带着乡下和潘帕斯草原新鲜的土语。所有市井街道带到科里恩特斯大街的都是同一种语言，布宜诺斯艾利斯的语言，里面没有戏剧词汇创造者，也没有追随哗众取宠之人。来自四面八方的词语，在科里恩特斯大街日复一日的灯火通明下，被阿根廷人引以为豪地一遍遍重复。从卡亚俄大街到巴霍街，一幅科里恩特斯的语言地图可以代表整个布宜诺斯艾利斯。打个比方，就如同这幅小小的长方形地图在中间凹陷下去，四周连成一片山坡。在科里恩特斯，传说中的街角男子，玫瑰色街角的汉子，永远化身成了神秘的科里恩特斯和埃斯梅拉达男子。

在巴霍街一带，一排船只将词汇带来，让这幅简单地图中多了一些词汇的小细节；同时，还有一些词汇被装上船，甚至被运到西班牙，诚如我们所见，在《皇家语言学院词典》中正在不断出现阿根廷本土词汇。从前，老雷科瓦大楼是罪犯最青睐的地方，在啤酒红酒的觥筹交错中，可以听到各色外国暗语和本土"暗语"。今天，巴霍的小咖啡馆已经大大衰落，而各国罪犯将其暗语藏在我们所绘的这幅语言地图的底层，唯一的掩护是它的行业面具。

当然，街道只是城市的一面，是它的空间。还有另外一面，则是时间。生命就是回答每分每秒与你进行的耐心对话；是这一对话过程中的似水流年。我们所圈定的这片区域，我不知道是否是出于偶然，竟然与布宜诺斯艾利斯最重要的历史事件吻合。东边，一五三六年佩德罗·德·门多萨[1]来到这里，为这片土地命名，乌尔里克·施密德尔的回忆仿佛近在眼前："……我们在那里立起一座城市，叫布宜诺斯艾利斯。"几个世纪以后，因为黄热病，南部"迁到北部"，它给人口带来的影响类似于第三次建城。从未有人仔细想过这次搬迁对阿根廷中产阶级造成的重大后果，它让上层社会被迫匆匆放弃栏杆后的深宅大院。贵族姓氏被取下，新兴资产阶级蒸蒸日上。从那时起，布宜诺斯艾利斯的世系已经不再来自出生的摇篮，而是来自街道；生——或不生，都是在北区。

再近一些，一九三〇年前后，西区开始发生军营革命，开始一种新的统治制度。十五次军事暴动见证了这种频繁更迭的危险。但是布宜诺斯艾利斯似乎丝毫不为本土动荡所动，继续坚定地实践成为西班牙语国家大都市的理想，继续雄心勃勃地寻求发展。强者的热情让她成长，粗大的水泥长矛盖住河流，河流就像天空，前辈的希望从那里望着我们。

---

1 Pedro de Mendoza（1487—1537），西班牙军人、探险家、驻阿根廷拉普拉塔河地区第一任总督、布宜诺斯艾利斯城的创建人。

我的语言地理也就到此为止。还剩未来。但是，它不是任何人的功绩。有悖我们和经济学博士（关于贫困的技术员，统计学官僚）的愿望，未来还在未来。我并非要做一篇洋洋洒洒，看上去格式谨严的语言论文——研究和批评工作且留待别人去做。评论家是文化领域的"经纪人"，择优的工作由他们负责。我只想留下一份旁证，复原自己曾经生活过的那个日常的布宜诺斯艾利斯和街头的闲适。只有日常的，才让我们领悟到时间的深远；不断死去的日日夜夜，它的名字就是生命，"永恒"的诸多街巷之一。

JORGE LUIS BORGES
JOSE EDMUNDO CLEMENTE
EL lenguaje de Buenos Aires

Copyright©1995, Maria Kodama
Copyright©1963, José Edmundo Clemente
Copyright©1963, Emecé Editores SA (ahora Grupo Editorial Planeta SAIC)

图字：09-2010-614号

图书在版编目（CIP）数据

布宜诺斯艾利斯的语言/（阿根廷）豪尔赫·路易斯·
博尔赫斯,（阿根廷）何塞·埃德蒙多·克莱门特著；王
冬梅译. — 上海：上海译文出版社, 2020.10
 （博尔赫斯全集）
 ISBN 978-7-5327-8526-1

 I.①布… Ⅱ.①豪… ②何… ③王… Ⅲ.①随笔－
作品集－阿根廷－现代 Ⅳ.①I783.65

中国版本图书馆CIP数据核字（2020）第162188号

布宜诺斯艾利斯的语言	豪尔赫·路易斯·博尔赫斯 著	出版统筹 赵武平
EL lenguaje de	何塞·埃德蒙多·克莱门特	责任编辑 缪伶超
Buenos Aires	王冬梅 译	装帧设计 陆智昌

上海译文出版社有限公司出版、发行
网址：www.yiwen.com.cn
200001 上海福建中路193号
上海信老印刷厂印刷

开本850×1168 1/32 印张3.25 插页2 字数37,000
2021年3月第1版 2021年3月第1次印刷

ISBN 978-7-5327-8526-1/I·5247
定价：60.00元